Bernd Flessner

Peter Schilling

Stefan Lohr

Der kleine Major Tom

Die Mondmission

Band 1: Völlig losgelöst

Band 2: Rückkehr zur Erde

Band 3: Die Mondmission

Band 4: Kometengefahr

Band 5: Gefährliche Reise zum Mars

Band 6: Abenteuer auf dem Mars

Band 7: Außer Kontrolle!

Band 8: Verloren im Regenwald

Band 9: Im Bann des Jupiters

Band 10: Im Sog des Schwarzen Lochs

Band 11: Wer rettet Ming und Hu?

Band 12: Plutinchen in Gefahr

Band 13: Die Wüste lebt

Band 14: Abenteuer im brennenden Eis

Band 15: SOS im Venusnebel

Band 16: Fehler im System

Band 17: Rettungsmission zum Pluto

Band 18: Geheimnis in der Tiefe

Band 19: Die Dinos greifen an!

Band 20: Der unbekannte Planet

Weitere Abenteuer sind in Vorbereitung!

Bernd Flessner

Peter Schilling

Stefan Lohr

Die Mondmission

In Zusammenarbeit mit

DLR Deutsches Zentrum für Luft- und Raumfahrt

Ein besonderer Dank geht an
Herrn Dr. Volker Kratzenberg-Annies
für die fachliche Beratung seitens des DLR

TESSLOFF

FSC
www.fsc.org
MIX
Papier | Fördert gute Waldnutzung
FSC® C002795

7. Auflage 2024

Burgschmietstraße 2-4, 90419 Nürnberg
Text: Bernd Flessner
Cover- und Innenillustrationen: Stefan Lohr
Idee/Mitwirkung: Peter Schilling
Lizenz: MajorTon Entertainment KG
Major Tom und *Völlig losgelöst* sind Marken der MajorTon Entertainment KG
Grafische Gestaltung: Barbara Heinlein
Lektorat: Anja Kunze
Redaktion: Silke Neubert, Hannah Fleßner

www.tessloff.com

ISBN: 978-3-7886-4003-3

Dieses Buch entstand in Zusammenarbeit mit dem Deutschen Zentrum für Luft- und Raumfahrt (DLR), das den Text auf fachliche Richtigkeit geprüft hat.

DLR Deutsches Zentrum für Luft- und Raumfahrt

Inhalt

Wie alles begann

Der kleine Major Tom lebt zusammen mit seinem Vater, dem großen Major Tom, auf der Raumstation Space Camp 1. Seine Mutter arbeitet auch für die Weltraumagentur, ist aber nicht mit auf der Raumstation.
Stella ist seine beste Freundin und ebenfalls an Bord. Ihre Eltern sind bei der Bodenkontrolle beschäftigt. Plutinchen ist eine Roboterkatze und die treue Gefährtin von Tom und Stella. Gemeinsam erforschen sie das Weltall, beobachten die Erde und züchten Pflanzen an Bord der Raumstation. Eines Tages muss der große Major Tom unerwartet zum Mars fliegen und dort mithelfen, die Marsstation weiter aufzubauen.

Tom, Stella und Plutinchen bleiben in der Raumstation zurück und sind nun ganz auf sich alleine gestellt.
Doch auch ohne ihre Eltern sind sie erfolgreiche und begeisterte Forscher. Gemeinsam meistern sie den Alltag auf der Raumstation, lösen Probleme und genießen zwischendurch den Ausblick auf ihren Heimatplaneten Erde. Auf den verschiedenen Missionen erleben sie ein Abenteuer nach dem anderen und lernen immer wieder Erstaunliches und Interessantes über die Erde und das Weltall. Dabei helfen sie sich gegenseitig und geben auch in brenzligen Situationen niemals auf.

Auf zum Mond

„Bodenkontrolle an Major Tom", hallte es durch die Raumstation. „Major Tom, bitte kommen!"
„Hier ist Stella", meldete sich stattdessen Stella, seine Freundin. „Tom kann gerade nicht."
„Bodenkontrolle an Stella, ist etwas passiert?", fragte die Stimme aus dem Lautsprecher.
„Nein, keine Sorge. Tom ist nur im Lagermodul", antwortete Stella. „Worum geht es?"
„Um einen unserer Laserreflektoren auf dem Mond", erklärte die Stimme. „Die Astronauten der Apollo-Flüge haben sie dort aufgestellt. Sie dienen dazu, die genaue Entfernung von Erde und Mond festzustellen."
„Wir dürfen zum Mond?", fragte Stella mit leuchtenden Augen.

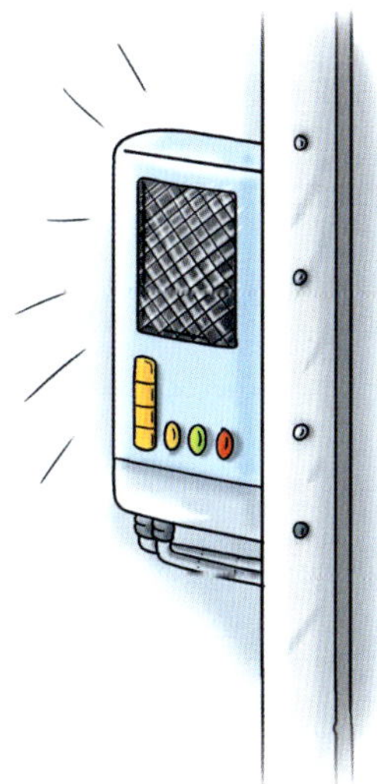

„Ja, ihr müsst sogar zum Mond, wenn ihr uns helfen wollt", antwortete der Mann von der Bodenkontrolle. „Alle unsere Raumschiffe sind im Einsatz. Aber ihr könntet fliegen."

„Tom! Komm schnell her!", rief Stella. „Nun mach schon!"

Irgendwo aus dem Lagermodul kam ein unverständliches Gemurmel als Antwort.

„Jetzt beeil dich mal!", ermahnte sie ihren Freund. „Oder kannst du die Overalls nicht finden?"

„Bodenkontrolle an Stella, gibt es ein Problem an Bord? Eine Panne oder einen Unfall?", fragte die Stimme von der Erde.

„Stella an Bodenkontrolle, nein, es ist alles in Ordnung. Tom braucht nur einen neuen Overall. Denn den alten hat er beim Frühstück ...", antwortete Stella, konnte aber ihren Satz nicht beenden, denn in diesem Augenblick schwebte Tom auf sie zu.

„Ist etwas passiert? Ein Unfall?", fragte er aufgeregt, während er den Reißverschluss seines Overalls schloss.

„Wir dürfen zum Mond, Tom!“, rief Stella. „Endlich dürfen wir mal zum Mond!“
„Orbital!“, freute sich Tom und vergaß völlig, sich festzuhalten. Nicht zum ersten Mal landete er mit der Nase an der Bordwand. Aber das machte ihm nichts aus, denn auf einen Flug zum Mond hatte er schon lange gewartet.
„Wir müssen zu einem Laserreflektor“, erklärte ihm Stella.
„Aha“, meinte Tom. „Und was ist das?“

„Eine Art Spiegel“, meldete sich Plutinchen zu Wort, die an der Bordwand auf sie zugelaufen kam. Dank ihrer besonderen Haftfüße schwebte sie nur selten schwerelos durch die Station. „Auf diesen Spiegel schießen Forscher von der Erde einen Laserstrahl. Und da Laser gebündeltes Licht ist, wird der Strahl von dem Spiegel zur Erde zurückgeworfen und dort aufgefangen.“

„Aber wozu das Ganze?“, fragte Tom.

„Man misst bei diesem Experiment die Zeit, die der Lichtstrahl von der Erde bis zum Mond und zurück braucht. Und weil man weiß, wie schnell Licht unterwegs ist, kann man dann ausrechnen, wie weit der Mond von uns entfernt ist – auf den Zentimeter genau! So kann man selbst kleinste Schwankungen in der Entfernung feststellen. Für Forscher ist das sehr aufschlussreich. Sie können so viel über den Mond erfahren.“

„Verstehe“, sagte Tom. „Aber was sollen wir mit so einem Reflektor machen?“

„Bodenkontrolle an Major Tom", hörten sie die Stimme aus dem Lautsprecher. „Wenn ihr mich mal zu Wort kommen lasst, werde ich es euch erklären. In der Nähe einer dieser Reflektoren muss ein Meteorit eingeschlagen sein. Dabei hat er Mondstaub auf den Reflektor geschleudert."
Tom und Stella machten plötzlich lange Gesichter. Auch Plutinchen schien überrascht zu sein.
„Mit anderen Worten, das Ding auf dem Mond ist dreckig", meinte Stella. „Und wir sollen es jetzt wohl sauber machen."
„Ganz genau", bestätigte die Stimme. „Das ist doch ein toller Auftrag für euch. Keines unserer Raumschiffe ist derzeit verfügbar. Aber ihr habt ja den nagelneuen Space Racer. Wann seid ihr startklar?"
„Major Tom an Bodenkontrolle. Wir sollen auf dem Mond Staub wischen?", fragte der kleine Astronaut nach.
„Wenn ihr es so seht", antwortete der Mann. „Ja, ihr sollt Staub wischen. Aber es ist wirklich sehr wichtig."

Tom und Stella sahen sich kurz an und nickten dann. „Wir übernehmen den Auftrag", sagte Tom. „Der Space Racer hat ja genügend Treibstoff an Bord. Wir können in zwei Stunden starten. Dann sind alle Vorbereitungen erledigt."
„Bodenkontrolle an Major Tom. Sehr gut. Ich gebe euch jetzt die genauen Zielangaben durch", sagte die Stimme. „Es ist der Reflektor von Apollo 11."
„Eine tolle Mission. Staubwischen auf dem Mond", seufzte Tom.
„Aber das ist doch ganz egal", entgegnete Stella. „Hauptsache, wir dürfen zum Mond fliegen. Das hast du dir doch schon immer gewünscht."
„Ja, du hast ja recht", schnaufte der kleine Major Tom. „Also, kümmern wir uns um die Startvorbereitung. Die Mission Staubwischen beginnt!"

Zwei Stunden später hatten sich Tom und Stella in den Sitzen ihres neuen Raumschiffs angeschnallt. Plutinchen hatte es sich in ihrer Sitzschale bequem gemacht.

„Major Tom an Bodenkontrolle. Bin bereit zum Check."
Auf einem Monitor vor ihm erschien eine Checkliste mit mehreren Punkten, die er nun durchgehen und überprüfen musste. Das war vor jedem Start so.
„Treibstoff okay. Sauerstoff okay. Akkus geladen."
Es dauerte eine Weile, bis er die Liste durchgesehen hatte. Aber es war alles in Ordnung.
„Major Tom an Bodenkontrolle. Wir sind jetzt startklar."
„Guten Flug!", sagte der Mann von der Bodenkontrolle.
Tom griff zu dem kleinen Joystick neben sich auf der Armlehne, mit dem das Raumschiff gelenkt wurde. Stella löste die Verriegelung. Sie waren nicht mehr länger mit der Raumstation verbunden. Mithilfe der Steuerdüsen entfernte sich der Space Racer von Space Camp 1. Als ihr Abstand groß genug war, konnte Tom das Haupttriebwerk zünden. Zu lenken brauchte er das Schiff nicht mehr, denn die Bodenstation hatte den Kurs programmiert. Sie wurden in ihre Sitze gedrückt und schossen wie ein Pfeil durchs All.

Bald hatten sie die erforderliche Geschwindigkeit erreicht, um sich von der Schwerkraft der Erde zu lösen. Der Druck ließ nach.

„Wie lange dauert unser Flug?“, fragte Stella.
„In acht Stunden sind wir da“, antwortete Plutinchen. „Die Astronauten haben 1969 mit dem Raumschiff Apollo 11 noch drei Tage benötigt. Aber unsere Triebwerke sind moderner und besser.“

Stella sah aus dem großen Cockpitfenster und betrachtete den Mond. „Ich glaube, er ist schon größer geworden“, meinte sie.
„Wir fliegen tatsächlich zum Mond. Ist das nicht fantastisch? Wir fliegen zum Mond!“
„Orbital!“, freute sich Tom. „Auch wenn wir nur zum Staubwischen kommen.“
„Bodenkontrolle an Major Tom“, meldete sich eine Frauenstimme, die sie nur zu gut kannten. Es war Jenifer, Stellas Mutter, die bei der Bodenkontrolle arbeitete.
„Hallo Mama!“, freute sich Stella.
„Hallo Stella! Ich vertrete schnell mal einen Kollegen. So kann ich kurz mit euch sprechen. Ist alles klar bei euch an Bord?“, fragte sie besorgt.

„Hier ist alles in bester Ordnung", antwortete Stella. „Der Space Racer ist ein tolles Raumschiff!"
„Ich weiß", sagte ihre Mutter. „Aber euer Flug ist trotzdem nicht ungefährlich. Wir haben nämlich einen Schwarm von Meteoroiden geortet, der eure Flugbahn kreuzt. Sie sind zwar sehr klein, aber durch ihre hohe Geschwindigkeit könnten sie euer Raumschiff beschädigen. Passt also auf. Sie erreichen euch gleich."
„Machen wir", antwortete Stella.
„Ich wünsche euch viel Glück", sagte ihre Mutter.
„Danke", flüsterte Stella mit einer Träne im Auge.
„Ich habe meinen Vater auch schon lange nicht mehr gesehen", tröstete sie Tom. „Das holen wir nach. Wenn wir vom Mond zurück sind, besuchen wir die Erde."
„Und dann den Mars", versicherte Stella. „Aber erst schalten wir das Radargerät ein."
Kaum hatte sie das Display berührt, leuchteten mehrere rote Punkte auf und eine Computerstimme tönte aus dem Lautsprecher: „Achtung! Unbekannte Objekte nähern sich mit hoher Geschwindigkeit. Ausweichmanöver dringend erforderlich."

„Schnell!“, rief Stella. „Der erste Punkt ist schon ganz nah!“
Tom schaltete die automatische Steuerung des Raumschiffs ab und nahm den Joystick in die Hand. Bei der hohen Geschwindigkeit, mit der sie auf den Mond zuflogen, war es nicht leicht, den Space Racer zu manövrieren. Gebannt starrte Tom auf die roten Punkte auf dem Display und bewegte den Joystick ganz langsam.

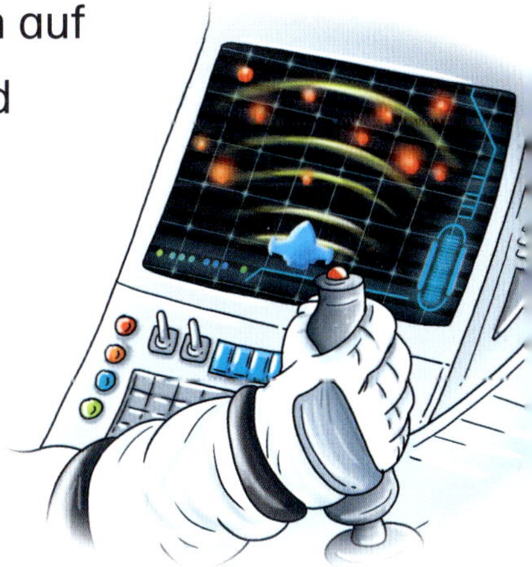

„Mehr nach Steuerbord!“, rief Stella. Damit meinte sie rechts. „Vorsicht! Da kommt noch ein Meteoroid!“
„Schon gesehen“, antwortete Tom und bewegte den Joystick, um eine sanfte Kurve zu fliegen.
„Da! Der nächste Brocken!“, rief Stella.
Tom zog den Joystick zu sich rüber. Enge Kurven durfte er nicht fliegen. Die Belastung für sie und das Raumschiff wäre dann zu groß gewesen. Schon so wurden sie kräftig in die Sitze gedrückt. Aber Tom schaffte es, auch dem letzten roten Punkt auszuweichen.

„Geschafft!“, sagte er erleichtert und schaltete den Autopiloten wieder ein, der das Raumschiff sofort erneut auf Mondkurs brachte.

Plutinchen in Gefahr

„Das hast du wirklich gut gemacht“, lächelte Stella, als sie einen Ruck spürten.

„Was war das?“, fragte Tom und sah auf die Instrumente, konnte aber nichts entdecken.

„Ich vermute einen Einschlag“, antwortete Plutinchen. „Wahrscheinlich von einem winzigen Teilchen, das zu klein für unser Radar war. Ich schaue gleich mal nach.“

„Aber sei bitte vorsichtig“, meinte Stella.

„Das bin ich“, versicherte Plutinchen und löste sich aus ihrer Sitzschale, in der sie sich während des Fluges festkrallen konnte. Mit wenigen Schritten an der Bordwand entlang erreichte sie die Luftschleuse. Da sie keinen Raumanzug benötigte, brauchte sie nicht lange, um das Raumschiff zu verlassen. Mit ihren Haftfüßen marschierte sie über die Außenhülle wie über einen Bürgersteig. Ihre Augen begannen, die Hülle Zentimeter um Zentimeter abzusuchen.

Jede auffällige Stelle vergrößerte sie mit ihren elektronischen Augen und betrachtete sie noch genauer.

„Achtung! Unbekannte Objekte nähern sich mit hoher Geschwindigkeit. Ausweichmanöver dringend erforderlich“, meldete sich in diesem Augenblick der Bordcomputer.

„Noch ein Schwarm Meteoroiden!“, raunte Stella.

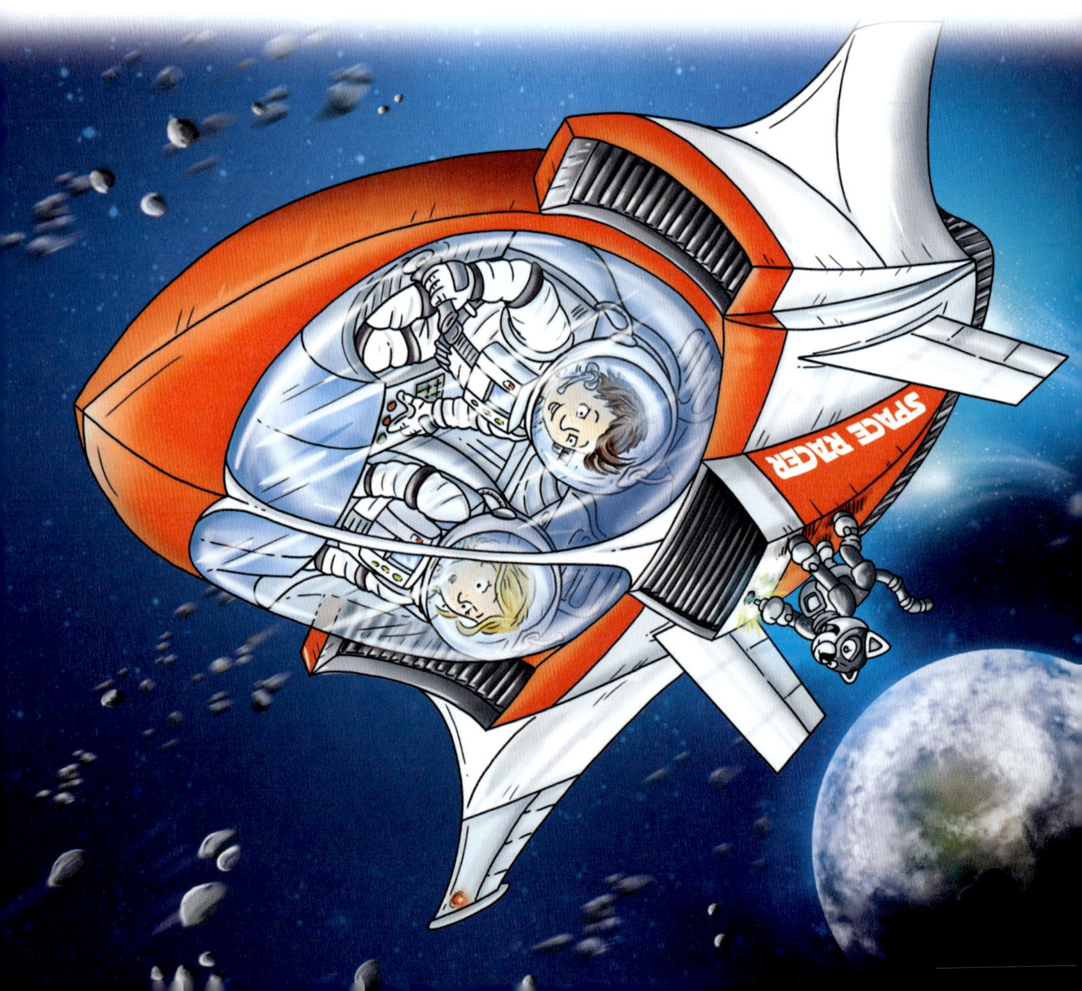

„Plutinchen? Hast du die Meldung empfangen? Komm sofort zurück an Bord!"
„Zu gefährlich", funkte die Roboterkatze. „Dazu müsste ich nämlich die Luftschleuse öffnen und ihr könntet in Gefahr geraten. Die Luken bleiben besser geschlossen. Ich warte hier den Schwarm ab."
„Nein!", erwiderte Stella. „Komm sofort zurück! Hier bist du in Sicherheit."
„Aber ihr nicht, wenn ich jetzt die Luken öffne", entgegnete Plutinchen. „Und jetzt kümmert euch um die Meteoroiden!"
„Da kommen sie!", stellte Tom fest und behielt die roten Punkte auf dem Display im Auge. Er hatte den Autopiloten wieder abgeschaltet und bewegte vorsichtig den Joystick. „Diesmal sind es nur drei."
„Drei große Meteoroiden", bemerkte Stella. „Die kleinen können wir nicht sehen. Aber sie können auch gefährlich werden. Auch für Plutinchen."
Tom flog eine lang gezogene Kurve und wich dem ersten Brocken aus dem All aus.
„Alles in Ordnung?", sprach Stella in das kleine Mikrofon, das sich unmittelbar vor ihrem Mund befand.

„Alles in Ordnung“, funkte Plutinchen zurück.
Beim nächsten roten Punkt wich Tom in die entgegengesetzte Richtung aus. Um den letzten Meteoroiden brauchte er sich nicht mehr zu kümmern, denn dieser flog viele Kilometer entfernt am Space Racer vorbei.
„Alles überstanden, Plutinchen, du kannst weitersuchen“, funkte Tom.
Aber die Roboterkatze antwortete nicht.
„Plutinchen? Bitte melde dich!“, sagte Stella.
Noch immer blieb die Antwort aus.
„Plutinchen?“, fragte Tom. „Bist du okay?“
„Wir müssen sofort raus und nachsehen“, schlug Stella mit ernster Miene vor und öffnete ihren Sicherheitsgurt. „Bestimmt ist sie getroffen worden. Vielleicht schwebt sie längst irgendwo hilflos im All?“
„Tut sie nicht“, entgegnete Tom. „Auf dem Radarschirm sind keine Objekte zu erkennen.“
„Aber vielleicht am Fenster?“, schlug Stella vor und stieß sich von ihrem Sitz ab. Auch Tom löste seinen Gurt und schwebte zum Fenster, wobei er eine andere Stelle wählte.

„Kannst du sie irgendwo sehen?“, fragte Tom, der versuchte, auf den Rumpf des Raumschiffs zu schauen.
„Nein!“, antwortete Stella, die das Heck des Space Racers absuchte. Als sie nichts entdecken konnte, sprach sie ins Mikrofon: „Plutinchen! Wo bist du? Was ist mit dir?“
Doch sie erhielt keine Antwort. Dann knackte es plötzlich im Lautsprecher.
„Nichts ist mit mir“, antwortete Plutinchen. „Ich war nur damit beschäftigt, ein winziges Leck mit etwas Kunststoff abzudichten. Und wenn ich den Kunststoff in meinem Maul zubereite, kann ich nicht sprechen. Das wisst ihr doch.“
„Puhh!“, schnaufte Stella und schnallte sich wieder an. „Du hast uns vielleicht einen Schrecken eingejagt.“
„Das tut mir leid“, antwortete die Roboterkatze. „Aber jetzt freut euch, dass ich den Einschlag und das Leck gefunden habe. Es war allerdings nichts Ernstes. Jetzt ist es abgedichtet. Ich komme wieder zurück.“
„Danke! Das war eine tolle Leistung!“, wurde sie von Tom gelobt.

Wenig später öffnete sich die Luke der Luftschleuse und die Katze betrat das Raumschiff. Gerade wollte sie es sich wieder in ihrer Sitzschale bequem machen, als sie von Stella gepackt und gedrückt wurde.
„Jetzt reicht es aber“, sagte Plutinchen. „Schließlich bin ich keine echte Katze.“
„Das ist mir egal“, sagte Stella und ließ sie wieder frei.
„Jetzt lasst mal diese Schmuserei“, meinte Tom. „Wir sind nämlich bald da. Seht mal.“

Die Mondlandung

Vor ihnen war der Mond zu einer riesigen Kugel geworden. Einer riesigen, grauen und von unzähligen Kratern überzogenen Kugel. Eine andere Welt, auf der es keine Atmosphäre, keine Wolken und keinen Regen gab. Und deshalb auch kein Leben.

„Der Mond ist viel kleiner als die Erde", erklärte Plutinchen. „Die Erde hat einen Durchmesser von etwa 12 700 Kilometern, der Mond hat einen Durchmesser von 3 400 Kilometern. Die Masse der Erde entspricht 81 Mondmassen. Man bräuchte also 81 Monde, um eine Erde zu erhalten. Die Schwerkraft auf dem Mond ist auch viel geringer. Auf dem Mond sind wir etwa sechsmal so leicht wie auf der Erde."

Der Anblick des Mondes war so überwältigend, dass Tom und Stella nicht zuhörten. Sie hatten nur noch Augen für den Mond. Minutenlang klebten sie am Cockpitfenster und betrachteten den Begleiter der Erde, den sie schon so oft gesehen hatten.

Allerdings aus sehr großer Entfernung. Plutinchen schüttelte den Kopf.

„Bodenkontrolle an Major Tom", unterbrach eine Stimme die Stille an Bord. „Der Space Racer schwenkt jetzt in die Umlaufbahn um den Mond ein. Ihr werdet den Mond einmal umkreisen, bevor ihr landet. Vergesst nicht, dass ihr hinter dem Mond keinen Funkkontakt habt."

„Ich werde die beiden daran erinnern", funkte Plutinchen zur Erde, da Tom und Stella noch immer aus dem Fenster starrten.

„Orbital!", staunte Tom, als sie einen ersten Blick auf die Rückseite des Mondes werfen konnten.

„Die Rückseite haben erst ganz wenige Menschen gesehen."
„Kein Wunder", meinte Plutinchen. „Der Mond kreist nämlich so um die Erde, dass von dort aus immer nur eine Seite zu sehen ist. Um die Rückseite zu bewundern, braucht man nun mal ein Raumschiff."
„Sieh dir den großen Krater an", sagte Stella. „Da muss ja ein gigantischer Brocken eingeschlagen sein. Da möchte ich nicht dabei gewesen sein."
„Da! Die Erde geht auf!", stellte Tom fest, als sie die Rückseite des Mondes passiert hatten. Über dem Horizont des Mondes war eine kleine, blaue Kugel zu erkennen. „Es ist allerdings eine halbe Erde. Die andere Hälfte liegt im Dunkeln. Dort ist Nacht."
„Bodenkontrolle an Major Tom. Der Space Racer zündet jetzt die Bremsraketen", tönte es aus dem Lautsprecher. „Der Landeanflug beginnt. Ihr landet im Mare Tranquillitatis, im Meer der Ruhe. Bis zum Landeplatz von Apollo 11 ist es nicht weit."

„Wie sind die Menschen bloß auf die Idee gekommen, diese großen Tiefebenen Meere zu nennen?“, fragte sich Tom.

„Das ist doch ganz einfach“, erklärte Plutinchen. „Von der Erde aus betrachtet, könnten sie ja tatsächlich Meere sein. Die frühen Astronomen haben geglaubt, Hochebenen und Meere auf dem Mond zu erkennen. Sie dachten, der Mond sei nicht viel anders aufgebaut als die Erde. Mit Erdteilen und Meeren. Sie wussten ja nicht, was ihr wisst.“

Die Flugbahn des Space Racers veränderte sich. Er bremste ab und näherte sich der Mondoberfläche. Tom und Stella sagten kein Wort. Der Landeanflug war viel zu aufregend. Auf dem großen Display konnten sie verfolgen, wie viele Meter sie noch zurücklegen mussten.

Als sie die Landezone erreicht hatten, zündeten automatisch die Bremsraketen. Das Raumschiff schien eine Weile über dem Boden zu schweben; dann setzte es auf.

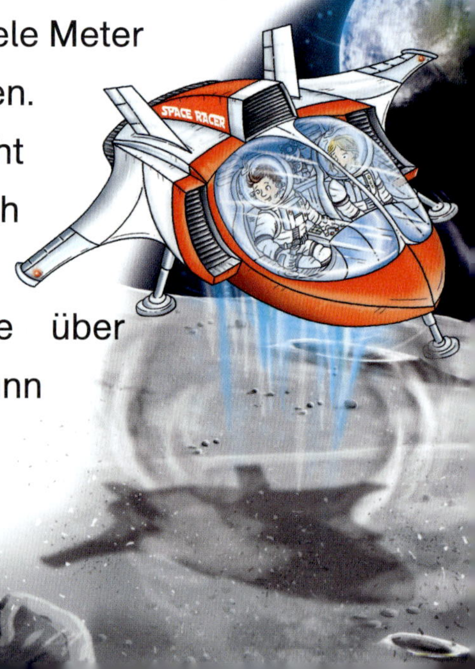

„Eine weiche Landung", freute sich Stella. „Wir haben es geschafft, wir sind auf dem Mond!", strahlte Tom. „Endlich!"
„Bodenkontrolle an Major Tom. Ihr habt zwei Stunden für euren Einsatz. Dann müsst ihr wieder starten. Plutinchen zeigt euch den Weg. Seid bitte vorsichtig und zerstört keine Spuren der ersten Mondlandung", erklärte der Mann.
„Major Tom an Bodenkontrolle. Wir werden aufpassen", antwortete Tom und setzte seinen Raumhelm auf. Auch Stella machte sich bereit für den Ausstieg. Ein Knopfdruck reichte, um die Leiter auszufahren. Als sie alle Vorbereitungen abgeschlossen hatten, öffneten sie die gläserne Haube des Cockpits. Tom ließ Stella den Vortritt. Langsam stieg sie die wenigen Stufen hinunter und setzte ihren rechten Fuß vorsichtig auf den Mondboden. „Ein kleiner Schritt für ein Mädchen, aber ein großer Schritt für alle Kinder", sagte sie. Tom stand nur eine Minute später auf dem Mond, gefolgt von Plutinchen, die auf die Leiter verzichtete, stattdessen die Düsen in ihren Pfoten einsetzte.

Lautlos hob sie aus dem Cockpit ab und landete sicher neben Stella. „Der Mond ist wirklich schmutzig. Hier ist schon sehr lange nicht mehr gründlich Staub gewischt worden“, meinte sie nach den ersten Metern. „Etwa seit 4,5 Milliarden Jahren“, wusste Plutinchen. „Denn so alt ist der Mond. In dem noch jungen Sonnensystem gab es schon die Erde, aber es gab auch einige Planeten, die noch keine feste Bahn gefunden hatten. Einer von ihnen, etwa so groß wie der Mars, ist mit der Erde zusammengestoßen. Dabei hätte er die Erde fast zerstört. Stattdessen hat er ein großes Stück herausgeschleudert, das seitdem um die Erde kreist.“

„Den Mond“, sagte Tom.
„Genau“, fuhr Plutinchen fort. „Daher bestehen Erde und Mond auch aus fast demselben Material.“
„Staubig ist es hier trotzdem“, meinte Stella. „Wird höchste Zeit, dass wir kommen.“
„Das liegt an unendlich vielen Einschlägen von Meteoriten im Laufe von 4,5 Milliarden Jahren. Auch die Strahlen der Sonne haben mitgewirkt, diesen Staub zu erzeugen. Er wird übrigens Regolith genannt.“
„Staub ist Staub“, bemerkte Stella.
„Zum Glück müssen wir nicht den ganzen Mond wischen, sondern nur ein paar Reflektoren“, sagte Tom. „Wo müssen wir hin?“
„Folgt mir“, antwortete Plutinchen und erhob sich wieder. Allerdings nicht in die Luft, sondern nur in die Höhe. Für die Roboterkatze war es einfacher zu fliegen, als durch den Mondstaub zu laufen.
Doch auch für Tom und Stella war dies nicht einfach. Sie mussten sich erst an die geringe Schwerkraft gewöhnen. Die ersten Astronauten auf dem Mond hatten keine sehr beweglichen Raumanzüge und sind daher mehr gehüpft als gelaufen.

Aber auch Tom und Stella nutzten trotz ihrer modernen Anzüge nach einigen Gehversuchen diese Art, sich auf dem Mond zu bewegen. Wie Kängurus hüpften sie Plutinchen hinterher. Über ihnen im All schwebte die nur zur Hälfte sichtbare, blaue Erde. Ihre Heimat.

„Noch zweihundert Meter“, funkte Plutinchen. „Seid bitte vorsichtig.“

„Da ist der Spider von Apollo 11“, rief Stella, die sich in Raumfahrtgeschichte gut auskannte. Eigentlich handelte es sich um die Abstiegsstufe der Mondlandefähre, die auf dem Mond zurückgelassen wurde. Wegen ihrer Landebeine, die Spinnenbeinen ähnelten, hatten die Astronauten diese Stufe Spider genannt.
„Den Spider muss ich sehen!“, rief Tom und machte immer größere Sprünge. Einige davon trugen ihn in zehn Meter Höhe. Von dort aus konnte er den gesamten Landeplatz von Apollo 11 überblicken. Stella kam auch mit kleineren Sprüngen gut voran. Gleichzeitig erreichten sie die Abstiegsstufe. Tom setzte zur Landung an. Er hatte den Boden noch nicht wieder erreicht, als ihn Stella mit einer kräftigen Armbewegung zur Seite stieß. Fast hätte er sich überschlagen, landete dann aber sicher ein paar Meter entfernt.
„Dich hat wohl der Mondkoller erwischt!“, schimpfte er ins Mikrofon. „Was sollte denn das?“
„Ging nicht anders“, sagte Stella. „Du hättest sonst großen Ärger bekommen.“

„Mit wem?“, fragte Tom verärgert. „Mit deiner Mutter?“
„Zum Beispiel“, antwortete sie. „Aber auch mit der gesamten Raumfahrtbehörde. Du wärst nämlich fast mitten auf den Schuhabdrücken von Neil Armstrong gelandet und hättest sie zertreten!“
„Ich habe euch doch gesagt, ihr sollt vorsichtig sein“, mahnte Plutinchen. „Wir befinden uns hier an einem bedeutenden Ort der Menschheitsgeschichte. Die ersten Menschen auf dem Mond. Und ihr trampelt alles platt!“
Toms Wangen wurden rot, so peinlich war ihm der Vorfall. Zum Glück konnte niemand seine Wangen sehen. Vorsichtig näherte er sich wieder der Abstiegsstufe. Dann sah er sie – die Schuhabdrücke des ersten Menschen auf dem Mond. Das war am 21. Juli 1969 gewesen. Der Amerikaner Neil Armstrong hatte sie hinterlassen.
Ein einfaches Profil der Sohle seiner Stiefel im Mondstaub.
Eigentlich nichts Besonderes, wären die Abdrücke nicht auf dem Mond.

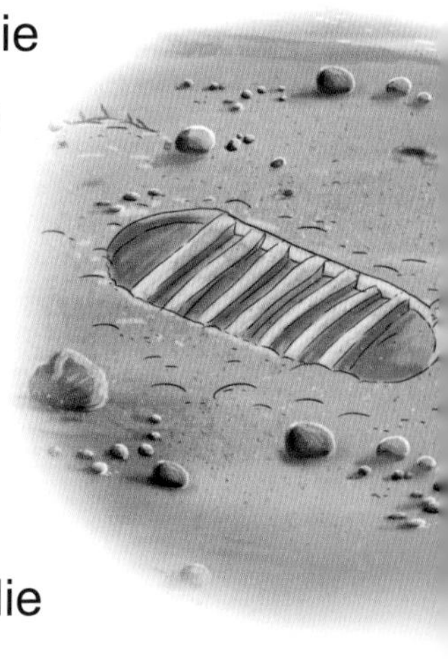

„Entschuldige, ich habe nicht aufgepasst“, sagte Tom kleinlaut. „Danke, dass du mich davor bewahrt hast.“
„Ist schon okay“, meinte Stella. „Vielleicht wird hier ja eines Tages ein Museum gebaut.“
„Ein Mondmuseum?“, fragte Tom nach.
„Warum nicht“, antwortete Stella. „Ich kann mir das gut vorstellen. Eine große Glaskuppel, die alles überdacht. Und ein Informationsraum für die Weltraumtouristen, die von einem Mondhotel hierherkommen.“
„An so etwas hatte ich noch gar nicht gedacht“, staunte Tom. „Eine gute Idee. Dann lass uns aufpassen, dass wir möglichst wenig zertreten. Das Ding da vorne, das muss es sein.“
Sie hüpften ein paar Meter und standen dann vor einem Gerät, das wie ein großer Koffer aussah, den jemand schräg auf einer Kiste abgestellt hatte.
„Das ist der Reflektor“, bestätigte Plutinchen.
„Er ist wirklich verdreckt“, stellte Stella fest. „Aber deshalb sind wir ja gekommen. Also los!“
„Los? Aber womit?“, fragte Tom. „Oder hast du ein Staubtuch dabei?“

„Das gibt es doch nicht!“, ärgerte sie sich. „Wir haben den Staubwedel vergessen!“
„Pusten geht auch nicht“, bemerkte Tom. „Hier gibt es keine Atmosphäre und wir haben Helme auf.“
„Der Reflektor ist bestimmt so empfindlich wie das Weltraumteleskop, das wir neulich repariert haben“, vermutete Stella. „Wir sollten also nicht einfach unsere Handschuhe nehmen. Die könnten die Oberfläche zerkratzen.“
„Eine blöde Sache“, murrte Tom. „Wir fliegen zum Staubwischen zum Mond und vergessen den Staubwedel. Das darf niemand erfahren. Schon gar nicht unsere Eltern.“
„Hast du zufällig eine Idee, Plutinchen?“, fragte Stella.
„Habe ich“, sagte die Roboterkatze, die vor ihren Helmen schwebte. „In meiner vorderen rechten Pfote befindet sich eine kleine Bürste, die ich ausfahren kann. Sie ist eigentlich dafür gedacht, ab und zu meine Linsen und Sensoren zu reinigen. Ich kann es ja mal versuchen.“
„Super!“, freute sich Tom. „Vielleicht klappt es ja.“
Plutinchen flog mit ihren Düsen zu dem Reflektor,

kreiste über ihm und schaltete dann die Düse in ihrer rechten Vorderpfote ab, um die kleine Bürste ausfahren zu können.

„Die ist ja winzig!", stellte Stella erstaunt fest. „Das dauert bestimmt viele Stunden!"

„Wartet es doch ab", entgegnete Plutinchen.

Plötzlich fing die Bürste an, sich wie ein Küchenmixer zu drehen. Plutinchen verringerte die Höhe, sodass die Bürste vorsichtig über den Reflektor fegte, der ja eine Art Spiegel war.

Der Mondstaub flog in hohem Bogen davon und landete dann auf dem Mondboden. Nicht ein Staubkorn schwebte irgendwo, da die Luft zum Schweben fehlte. Nach ein paar Minuten war der Reflektor so sauber, als hätte eine echte Katze ihn abgeleckt.

„Orbital!“, staunte Tom. „Jetzt können die Forscher auf der Erde wieder ihre Laserstrahlen zum Mond schießen.“

„Gut gemacht, Plutinchen!“, sprach Stella ins Mikrofon. „Kommt, gehen wir. Es ist besser, den Landeplatz von Apollo 11 zu verlassen. Ehe wir noch etwas beschädigen. Lasst uns lieber noch einen der Krater ansehen.“

„Au ja!“, stimmte Tom zu und machte auch schon den ersten Sprung. Plutinchen schüttelte den Kopf und folgte ihm mit ihren Raketendüsen. Stella drehte sich noch einmal, besah die Abstiegsstufe, die Instrumente, die die Astronauten aufgestellt hatten, und die Flagge der USA.

Der Stoff wirkte wie eingefroren und zitterte nicht einmal. Wind gab es auf dem Mond nicht.

„Stella an Bodenkontrolle", funkte sie zur Erde. „Auftrag erledigt. Reflektor gereinigt. Bereiten Rückkehr zum Space Camp 1 vor."
„Bodenkontrolle an Stella", hörte sie in ihrem Helm. „Tausend Dank! Das ging ja wirklich schnell. Meldet euch, wenn ihr startklar seid."
„Machen wir", funkte sie und hüpfte dann Tom und Plutinchen hinterher. Ihre Freunde hatten inzwischen einen mittelgroßen Krater erreicht, der in verschiedenen Grautönen in der Sonne schimmerte. Sie standen am Kraterwall und betrachteten die fast kreisrunde Form.
„Das muss ein großer Brocken gewesen sein", vermutete der kleine Major Tom. „So große Asteroiden sind heute selten. Aber vor Milliarden von Jahren waren sie sehr häufig im Sonnensystem und haben immer wieder den Mond getroffen."
„Die kleine Erhebung in der Mitte des Kraters nennt man Zentralberg", erklärte Plutinchen. „Er bildet sich unmittelbar nach dem Einschlag, weil der Kraterboden zurückschwingt. Ganz ähnlich wie es das Wasser tut, wenn man einen Stein hineinwirft."

„Auf der Erde sind doch bestimmt auch viele dicke Brocken und Asteroiden eingeschlagen“, meinte Tom. „Wo sind deren Krater eigentlich geblieben?“

„Die sind längst verwittert“, wusste Plutinchen. „Wind und Wetter haben sie abgetragen. Aber all das gibt es auf dem Mond nicht. So blieben die vielen Krater über Milliarden von Jahren erhalten.“

„Diese Krater sehen fantastisch aus“, schwärmte Stella. „Es ist schade, dass nur wenige Menschen sie so sehen können wie wir Astronauten. Ich glaube aber, es werden schon bald Hotels auf dem Mond gebaut und nicht nur Stationen für Forscher.

Der Mond ist einfach zu schön. Und seht euch die Erde an! Was für ein Anblick!"

„Ein Anblick, der uns hoffentlich noch lange erhalten bleibt", ergänzte Tom. „Wenn die Menschen weiterhin so wenig auf ihre Umwelt achten, sehen die Astronauten der Zukunft keine blaue Kugel mehr im All, sondern einen Müllhaufen."

„Dann braucht man gar nicht erst zum Mond zu fliegen", stimmte Stella zu. „Aber ich hoffe, die Menschen werden doch noch umdenken."

„Das hoffe ich auch. Wir haben ja nur die eine Erde", sagte Tom.

Der Boden bebt

Stella ließ ihren Blick über den Kraterwall wandern, der aus kleinen und großen Hügeln bestand. Plötzlich glaubte sie, ein Geräusch zu hören. Doch das war auf dem Mond ja nicht möglich, da Schall durch die Luft befördert wurde, die es auf dem Mond aber nicht gab.
„Was war das?", fragte sie und spürte eine ganz sanfte Bewegung in ihren Füßen, obwohl sie fest auf dem Mondboden stand.
„Was war was?", fragte Plutinchen.
„Na, das Geräusch eben?", antwortete Stella.
„Und ich dachte schon, ich hätte mich geirrt", sagte Tom.
„Ihr habt euch geirrt", widersprach Plutinchen. „Hier könnt ihr nur die Funksprüche in euren Helmen hören."
„Aber irgendetwas stimmt hier nicht", versicherte Stella. „Ich hab' so ein komisches Gefühl in meinen Füßen. Und in meinem Bauch."
„Ich auch", gab ihr Tom recht.

In diesem Moment riss Stella ihre Augen auf. Von dem kleinen Hügel neben ihr kullerten ein paar Steine den Abhang hinunter. Viel langsamer, als sie es auf der Erde getan hätten, aber sie kullerten.

„Da! Habt ihr das gesehen?“, rief sie.

„Was?“, wollte Tom aufgeregt wissen.

„Na, die Steine dort“, antwortete Stella. „Sie bewegen sich, sie rollen, sie kullern!“

Tom und Plutinchen drehten ihre Köpfe zur Seite, konnten aber nichts sehen.
„Glaubt mir, die Steine haben sich bewegt!“, versicherte Stella.
„Wir glauben dir ja“, sagte Tom, „aber ...“
In diesem Augenblick kullerte ein weiterer Stein den Hügel herunter.
„Na, was sagt ihr jetzt?“, hakte Stella nach.
„Dass hier anscheinend wirklich etwas nicht stimmt“, raunte Tom.
„Sag mal, Plutinchen, wie weit ist es bis zur nächsten Mondstation?“, fragte Stella.
„Etwa 150 Kilometer“, antwortete die Roboterkatze.
„Könnten Forscher von dieser Station in der Nähe sein?“, wollte sie wissen.
„Sehr unwahrscheinlich“, sagte Plutinchen. „Dann hätten ja die den Reflektor reinigen können.“
„Wenn die in ihrer Station sind, wer ist dann hier?“, fragte Tom ängstlich.
„Wer soll denn hier sein?“, hauchte Stella ins Mikrofon. „Hier sind doch nur wir.“
„Bist du sicher?“, flüsterte Tom.

„Ich empfange im Moment keine irdischen Funksignale“, bemerkte Plutinchen.
„Keine Signale von Menschen“, meinte Tom. „Aber was ist mit anderen Signalen?“
Stella drehte sich einmal um ihre Achse und sah in alle Richtungen. Außer Mondstaub und Kratern konnte sie nichts erkennen.
„Wer könnte denn noch hier sein?“, fragte sie.
„Besucher, die keine Menschen sind“, flüsterte Tom.
„Außerirdische? Aliens?“, hauchte Stella.
„Etwas in der Art“, nickte Tom.
„Hier auf dem Mond?“, fragte Stella leise.
„Warum nicht?“, meinte Tom. „Sie wollen nicht gleich zur Erde, sondern sehen sich zuerst den Mond an. Außerdem kann man von hier aus die Erde unbemerkt beobachten.“
Wieder spürten sie eine Erschütterung, wieder kullerten kleine Mondsteine den Abhang hinunter. Ein unheimlicher Schatten kroch vor ihren Augen über den Mondboden.
„Sie sind da!“, erschrak Stella. „Sie haben Tentakeln wie Riesenkraken. Ich habe ihren Schatten gesehen.“

„Wo?“, wandte sich Tom ihr zu.

„Dort drüben!“, antwortete Stella und wies mit leicht zitterndem Finger auf den Abhang am Rand des Kraterwalls. Und tatsächlich, auch Tom sah den Schatten, der gestochen scharf wie ein Scherenschnitt war. Er hätte von einem Rieseninsekt stammen können, von einem Riesenkäfer oder von einer Riesenspinne. Stella stockte der Atem. Tom aber sah noch etwas anderes, nämlich eine kleine Roboterkatze, die über dem Abhang schwebte.

Wahrscheinlich wollte sie feststellen, woher die kullernden Steine kamen.
„Schau mal nach oben!“, sagte Tom zu Stella.
„Auf keinen Fall!“, antwortete sie. „Mir reicht der Schatten. Lass uns unauffällig verschwinden. Schnell!“
„Schau nach oben!“, wiederholte Tom. „Vertrau mir!“
Zögerlich hob Stella ihren Kopf.
„Das ist ja Plutinchen!“, rief sie aus. „Sie wirft den Schatten. Die Tentakeln sind ihre Beine und ihr Schwanz.“
„Also doch keine außerirdischen Monster“, lächelte Tom.
In diesem Augenblick spürten sie erneut eine Erschütterung, die sie auch zu hören glaubten.
„Da bin ich noch nicht ganz sicher“, sagte Stella.
„Oder war das auch Plutinchen?“
„Bestimmt nicht“, antwortete Tom und sah sich um.
„Die schwebt ja in der Luft, die nicht da ist.“
„Aber trotzdem können wir Geräusche hören, jedenfalls ganz leicht“, stellte Stella fest. „Hier stimmt also etwas nicht. Komm, lass uns endlich verschwinden. Das ist mir hier zu unheimlich.“

„Keine Sorge, hier stimmt alles“, flog Plutinchen auf sie zu. „Ich habe gerade ein paar einfache Messungen vorgenommen.“

„Und was haben die ergeben?“, fragte Stella aufgeregt.

„Ein Mondbeben“, schnurrte Plutinchen. „Ein völlig harmloses Mondbeben. Das findet hier regelmäßig statt und ist selten stark. Die Geräusche, die ihr hört, stammen von diesem Mondbeben. Der Schall wird nämlich vom Mondboden auf eure Stiefel übertragen. So gelangt er in den Raumanzug und bis zu euren Ohren. So einfach ist das. Unheimlich ist daran gar nichts.“

„Puh!“, schnaufte Stella und setzte sich auf einen der größeren Steine.

„Dann ist ja alles klar“, sagte Tom erleichtert. „Aber woher kommen denn diese Mondbeben? Der Mond ist doch anders aufgebaut als die Erde. Ich dachte, nur der Kern ist flüssig und auch nicht so heiß wie der Erdkern.“

„Stimmt genau“, antwortete Plutinchen. „Du hast auf der Astronautenschule aufgepasst.

Für die Mondbeben sind vor allem die Gezeitenkräfte verantwortlich."
„Ebbe und Flut?", wunderte sich Stella. „Hier gibt es aber kein flüssiges Wasser. Das Meer der Ruhe ist so trocken wie die Sahara."
„Diese Kräfte, die ja auf die Anziehungskraft zurückgehen, wirken nicht nur auf das Wasser, sondern auch auf die Landmasse", erklärte Plutinchen. „Auf der Erde merken wir das bloß nicht. Aber hier auf dem Mond lösen die Gezeitenkräfte immer wieder kleinere Mondbeben aus. Das ist der Einfluss der Erde auf den Mond."

Das Mondauto

Erneut bebte der Mondboden, allerdings nur ganz leicht. Diesmal hatten Tom und Stella keine Angst und suchten auch nicht nach Aliens.

„Wissen hat eben doch viele Vorteile“, freute sich der kleine Major Tom.

„Stimmt“, meinte Stella. „Nur schade, dass wir schon wieder zurückmüssen.“

„Wir haben noch für über vier Stunden Sauerstoff und Energie“, sagte Plutinchen. „Ihr könnt euch also noch etwas umsehen.“

„Fantastisch!“, freute sich Stella. „Los! Hüpfen wir in diese Richtung. Vielleicht finden wir ja doch noch ein Alien. Ein kleines, friedliches, nettes Alien.“

„Ich bin dabei“, stimmte Tom zu. „Leider haben wir kein Fahrzeug. Damit könnten wir viel mehr sehen und erforschen.“

„Genau. Ein Auto. Das könnten wir jetzt gut gebrauchen“, meinte Stella.

„Das ließe sich vielleicht machen“, sagte Plutinchen.
„Ein Auto? Woher willst du denn das nehmen?“, fragte Tom.
„Wir könnten zur nächsten Tankstelle laufen und uns dort eines mieten“, kicherte Stella. „Allerdings hat keiner von uns einen Führerschein.“
„Den braucht man auf dem Mond auch nicht“, miaute Plutinchen. „Autos können hier wegen der geringen Schwerkraft sowieso nicht sehr schnell fahren. Die würden aus jeder Kurve getragen werden. Und Ampeln gibt es auch nicht.“
„Jetzt lass den Quatsch!“, murrte Tom. „Hier kann man keine Autos leihen.“
„Und ob man das kann“, entgegnete die Roboterkatze. „Nicht weit von hier ist der Landeplatz von Apollo 16. Jetzt ratet mal, was die Astronauten 1972 an Bord hatten?“
„Na klar!“, strahlte Stella. „Ein Auto! Wie konnte ich das nur vergessen?“
„Orbital!“, grinste Tom.
„Sie sind im Cayley-Hochland gelandet“, erklärte Plutinchen. „Ein Hüpfer für den Space Racer.“

Wenig später hatten sich Tom und Stella wieder in ihren Sitzen angeschnallt, während Plutinchen sich in ihrer Sitzschale festgekrallt hatte. Die genauen Zieldaten erhielten sie von der Bodenstation.
Tom musste nur noch die Steuerdüsen zünden und schon startete der Space Racer nach Süden. Der Flug dauerte allerdings nicht lang. Kaum waren sie ein paar Kilometer hoch, kehrte das Raumschiff auch schon wieder zum Mond zurück.
„Wirklich nur ein Hüpfer", meinte Tom, der die Landebeine gar nicht erst eingefahren hatte. Sicher setzte das Raumschiff auf dem Mondboden auf. Schon öffnete sich die Haube des Cockpits.
„Sieht ganz ähnlich aus wie bei Apollo 11", stellte Stella fest. „Dahinten ist der Spider, die Abstiegsstufe. Ein paar Instrumente haben sie auch zurückgelassen."
„Und ein Auto", freute sich Tom, der das Fahrzeug bereits erspäht hatte.

„Was habe ich euch gesagt – auf dem Mond kann man sich tatsächlich Autos leihen“, schnurrte Plutinchen und startete mit ihren Pfotendüsen. Tom und Stella hüpften hinterher.
„Es sieht nackt aus“, meinte Stella, als sie das Auto näher betrachtete.
„Was soll das denn sein? Ein nacktes Auto?“, lachte Tom.
„Na, dieses hier. Es besteht nur aus einem Blechgestell, vier Rädern, zwei Sitzen, einer Antenne, ein paar dicken, alten Kameras und einigen Geräten. Es hat nicht einmal einen Motor. Eine Karosserie fehlt auch. Wie fährt es dann überhaupt?“
„Mit Strom“, erklärte Plutinchen. „Eine große Batterie versorgt kleine Elektromotoren, die sich in jedem Rad befinden. Gelenkt wird mit einem Joystick. Auch die Lenkung ist also elektrisch. Ein solches Mondauto wird übrigens Lunar Roving Vehicle genannt oder einfach LRV.“
Sofort nahm Tom auf einem der Sitze Platz und betätigte einen der Schalter. Aber nichts rührte sich.

Erfolglos testete er weitere Schalter und den Joystick. „Nichts. Das Ding ist kaputt“, sagte er enttäuscht.
„Die Astronauten haben es kaputtgefahren. Bestimmt haben sie auf der Erde kein Wort davon gesagt.“
„Die konnten ja auch nicht ahnen, dass wir uns das Auto ausleihen wollten“, meinte Stella. „Schade.“
„Das Auto ist nicht kaputt“, erklärte Plutinchen. „Die Batterie ist leer. Das ist alles.“
„Kann man sie wieder aufladen?“, fragte Stella. „Aber das nützt uns auch nichts, denn wir wissen nicht, wo die nächste Steckdose ist.“
„Man könnte sie auch nicht aufladen“, fuhr Plutinchen fort. „Das war damals auch nicht erforderlich. Aber wir brauchen sie auch nicht aufzuladen. Wir haben ja genügend Strom zur Verfügung.“

Tom und Stella sahen erst sich an und anschließend Plutinchen, die zu grinsen schien.
„Na klar! Du bist ja ein laufender Akku!“, freute sich Tom.
Während Stella auf dem zweiten Sitz Platz nahm, trennte Plutinchen vorsichtig die leere Batterie von ihren Kabeln und schloss die Kabel an ihren Schwanz an. Plötzlich erwachten die Instrumente, die sich in einer weißen Box befanden, vor Tom und Stella zum Leben. Sie zeigten jetzt den genauen Standort, die zurückgelegte Entfernung und die Geschwindigkeit an.
„Ganz schön alt, die Technik von damals. Aber funktioniert hat sie trotzdem“, staunte Tom und bewegte den Joystick. Langsam setzte sich das Mondauto in Bewegung.
„Es fährt!“, jubelte Stella.
„Aber nicht wirklich gut“, beschwerte sich Tom.
„Die Lenkung scheint irgendwie nicht mehr ganz in Ordnung zu sein.“
„Kein Wunder“, meinte Stella. „Das Ding war ja auch länger nicht mehr in einer Autowerkstatt.“

„Die sind auf dem Mond auch sehr selten“, lachte Tom und beschleunigte. „Viel zu wenig Kundschaft.“ Der Mondstaub spritzte, das Auto machte kleine Hüpfer. Das Fahren auf dem Mond hatte sich Tom leichter vorgestellt. Aufgrund der geringen Schwerkraft verlor das Auto immer wieder die Bodenhaftung und hob ab. Die Räder drehten durch. Schon zehn Stundenkilometer waren schnell.
„Nicht so schnell!“, mahnte Stella. „Wir wollen doch etwas sehen. Den Hügel dahinten zum Beispiel.“
„Okay, fahren wir zu dem Hügel“, antwortete Tom und bewegte den Joystick. Widerwillig folgte das Auto und kämpfte sich den Hügel hinauf. Von oben bot sich ihnen ein fantastischer Ausblick über das Hochland mit seinen zahlreichen Kratern.
„Das hat sich gelohnt“, bemerkte Stella. „Zu Fuß hätte dieser Ausflug ganz schön lange gedauert.“
„Vielleicht wird er auch noch lange dauern“, sagte Tom ernst. „Dieses Auto müsste nämlich wirklich einmal in die Werkstatt. Die Lenkung arbeitet nicht mehr richtig. Wir sollten besser nicht weiterfahren, sondern umkehren.“

„Oh nein!“, maulte Stella. „Wir sind doch gerade erst losgefahren. Und dahinten ist so ein toller Krater. Bis zu dem könnten wir doch noch fahren. Bitte.“
„Ich glaube, Tom hat recht“, meldete sich Plutinchen zu Wort. „Die Astronauten haben sich damals auch nur rund fünf Kilometer von ihrer Landefähre entfernt. Im Notfall hätten sie immer zu Fuß zurückkehren können.“
„In Ordnung. Das sehe ich ein. Dann sollten wir nicht weiterfahren“, meinte Stella enttäuscht. „Ich habe keine Lust zu laufen. Kehren wir zum Space Racer zurück. Sicherheit geht immer vor.“
Tom bewegte den Joystick, doch das Auto blieb stehen.
„Es ist eben schon ein Oldtimer“, sagte er und versuchte es erneut. „Ein echtes Sammlerstück.“
Endlich fuhr das Mondauto von Apollo 16 los. Trotz der beschädigten Lenkung gelang es Tom, das ungewöhnliche Fahrzeug den Hügel hinunter zu manövrieren. Dabei musste er immer wieder auf einzelne Felsen aufpassen. Die Fahrt wurde zur Slalomfahrt. Der Mondstaub flog meterweit, die Räder tanzten über Steine und Unebenheiten im Boden.

„Nicht so schnell!“, mahnte Stella, die sich kaum auf ihrem Sitz halten konnte. „So eilig haben wir es auch wieder nicht.“
„Leichter gesagt als getan!“, erwiderte Tom. „Das Ding macht nämlich, was es will. Ich fürchte, ich verliere die Kontrolle.“
Erst jetzt sah Stella, welche Mühe Tom hatte, das Mondauto auf Kurs zu halten. Es reagierte immer widerwilliger auf die Bewegungen des Joysticks.
„Anhalten!“, rief Stella. „Halt sofort an!“
„Geht nicht!“, hielt ihr Tom entgegen.
„Dann soll Plutinchen den Stecker ziehen!“, schlug Stella vor.
„Das ist keine gute Idee“, widersprach die Roboterkatze. „Dann verliert Tom auch noch die

letzte Kontrolle. So hat er wenigstens eine Chance."
Das Mondauto wurde immer schneller, denn es fuhr ja ein Gefälle hinunter. Tom bearbeitete den Joystick und las die Instrumente ab. Wenigstens hielt er genau auf den Space Racer zu.
„Wir sind gleich da!", versuchte er, seine Freunde zu beruhigen. „Wir haben es gleich geschafft!"
„Wir sind viel zu schnell da!", rief Stella ins Mikrofon ihres Helms. „Wir rasen genau auf den Space Racer zu!"
Vor ihnen wartete ihr Raumschiff auf seinen Landebeinen. Ein tolles, ein neues, ein fantastisches Schiff, auf das sie mit einem alten Mondauto zurasten.

„Bremsen! Tritt endlich auf die Bremse!", rief Stella. „Oder weich dem Space Racer aus! Fahr eine Kurve! Fahr in den kleinen Krater! Fahr gegen den Felsen dort drüben!"
Tom hatte keine Zeit zum Antworten. Er kämpfte mit dem Joystick und den Instrumenten und versuchte, das Mondauto von seinem Kurs abzubringen. Aber die Steuerung funktionierte nicht mehr richtig. Kaum hatte er das Auto nach rechts gelenkt, erwischte es einen Stein und hüpfte zurück nach links. Es war zum Verzweifeln. Noch immer rasten sie auf ihr Raumschiff zu.
„Wir werden es rammen!", schrie Stella. „Wir werden den Space Racer rammen! Wir werden nie mehr zurückkehren und für immer auf dem Mond bleiben!"
Jetzt waren es nur noch gute hundert Meter. So sehr sich Tom auch bemühte, er konnte das alte Auto nicht von seinem Kurs abbringen.
„Wir müssen abspringen!", rief er. „Ich zähle bis drei! Eins, zwei ..."
„Halt!", rief Plutinchen. „Ich unterbreche die Verbindung. Jetzt ist es ja doch sinnlos."

Die Instrumente vor ihnen regten sich nicht mehr. Das Auto wurde langsamer, denn die Elektromotoren wurden nicht mehr mit Strom versorgt. Außerdem hatten sie das Gefälle hinter sich und rollten auf flachem Boden. Noch zwanzig Meter. Noch zehn Meter. Noch fünf Meter. Dann standen sie. Das Mondauto rührte sich nicht mehr.

„Puh!“, schnaufte Stella. „Das war knapp!“

„Und wie knapp“, meinte Tom. „Wir können direkt vom Auto ins Raumschiff steigen. Du hast perfekt geparkt, Plutinchen.“

„Für Roboterkatzen eine Kleinigkeit“, sagte sie.

„Angeberin“, meinte Stella und erhob sich. „Fliegen wir zurück. Der Mond war schön, aber jetzt habe ich doch ein bisschen Heimweh.“

„Das kann ich verstehen“, nickte Tom. „Nach diesem Abenteuer brauchen wir dringend eine Tasse Space Tea!“

„Und eine Ladung Strom“, ergänzte Plutinchen. „Nach dieser Fahrt habe ich kaum noch Reserven.“

„Zurück zur Erde!“, sagte Tom.

„Zurück zu Space Camp 1“, sagte Stella.

„Major Tom an Bodenkontrolle“, funkte er. „Bitten um Starterlaubnis.“

„Bodenkontrolle an Major Tom“, hörten sie in ihren Helmen die Antwort. „Starterlaubnis erteilt.“

Der kleine Major Tom

Logbuch

Die Mondmission // Eintrag 1

Für den Laserstrahl zum Mond haben die Forscher gute Gründe. Denn beim Laser sausen die Lichtstrahlen nicht in alle Richtungen, wie etwa bei einer normalen Lampe, sondern nur in eine. Und das über große Entfernungen. Laserstrahlen tasten auch CDs und DVDs ab, weil man sie punktgenau einstellen kann. Vorausgesagt hat diese Erfindung der berühmte Physiker Albert Einstein. Das war 1917. Doch erst 1960 konnte der erste Laser gebaut werden. Übrigens gibt es in einem Baumarkt auch Lasergeräte zur Entfernungsmessung im Haushalt zu kaufen. Bis zum Mond reichen sie allerdings nicht.

Die Mondmission // Eintrag 2

Monde sind keine Seltenheit im Sonnensystem. Ich habe einmal in der Datenbank der Bodenstation nachgesehen. Die Erde hat zwar nur einen Mond, der Jupiter dafür gleich 92 bekannte Monde.

Mehr noch sind es beim Saturn, nämlich 145 Monde. Der Uranus hat 27 und der Neptun 14 Monde. Sogar der Pluto hat fünf Monde. Dabei ist er deutlich kleiner als die Erde. Der Mars hat zwei kleine Monde. Nur der Merkur und die Venus kreisen alleine um die Sonne.

Die Mondmission // Eintrag 3

Beim Apollo-Programm, dem Mondlandeprogramm der amerikanischen Raumfahrtbehörde NASA, haben die Raumschiffe und die Landefähren immer Namen erhalten. Bei Apollo 10 hießen das Raumschiff Charlie Brown und die Landefähre Snoopy. Offensichtlich waren damals die Peanuts sehr beliebt. Bei Apollo 11 hieß das Raumschiff Columbia. Das ist ein anderer Name für Amerika, abgeleitet von Christoph Kolumbus. Die Landefähre erhielt den Namen Eagle, also englisch für Adler. Noch heute ist der Funkspruch von Neil Armstrong nach dem Aufsetzen der Landefähre auf dem Mond bekannt: „Der Adler ist gelandet."

Neil Armstrong und Buzz Aldrin waren 1969 nur für 21 Stunden und 36 Minuten auf dem Mond. Hoffentlich haben wir mehr Zeit. Aber bestimmt kommen wir sowieso mal wieder zurück.

Aufnahme des Mondes von Stellas Astrofon

Die Kreativ-Crew rund um den kleinen Major Tom

Bernd Flessner …

… hat am 24.11.1957 Geburtstag. Er wurde in Göttingen geboren, ist aber am Meer aufgewachsen. Seine Lieblingsfarbe ist Rot. Am liebsten schreibt er Bücher für Erwachsene und Bücher für Kinder. Wenn er mal gerade nicht schreibt, dann kocht er. Sein Lieblingsgericht ist selbst gemachte Lasagne. Bernd Flessner ist ein begeisterter Zukunftsforscher, ihn interessiert alles, was mit Raumfahrt und Weltall zusammenhängt. Sein größter Wunsch wäre es, einmal zum Mars zu fliegen (und zurück natürlich, damit er von seinem Abenteuer berichten kann).

Stefan Lohr …

… hat am 5.5.1972 Geburtstag. Er wurde in Leutkirch geboren und lebt heute in Ravensburg. Seine Lieblingsfarbe ist Blau. Und am liebsten illustriert er Bücher für Kinder. Wenn er Zeit hat, dann fährt er gern Achterbahn. Am liebsten mit Doppellooping. Sein größter Wunsch wäre es, einmal mit Major Toms Space Racer ein paar Loopings im Weltall zu drehen.

Peter Schilling

Wer kennt nicht „Major Tom (völlig losgelöst)“ und hat dazu schon mal ordentlich abgetanzt? Der Sänger und Songschreiber Peter Schilling, von dem dieser und noch viele andere Songs stammen, hatte die geniale Idee, die Geschichte aus dem weltbekannten Lied weiterzuerzählen – und zwar als Geschichte für Kinder. Er ist, wie er sagt, im Herzen ein Kind geblieben und hat so die Idee zum kleinen Major Tom, Stella und Plutinchen gehabt. Und weil er den Autor und Weltraumfan Bernd Flessner kennengelernt hat, sind daraus Geschichten entstanden. Peter Schilling möchte gerne, dass Kinder die Möglichkeit bekommen, so viel wie möglich über unsere Welt und das Universum zu erfahren. Deshalb tauscht er sich gerne vor seinen Konzerten mit Kindern über das spannende Thema Weltraum aus.

Bisher erschienen:

Band 1:
ISBN 978-3-7886-4001-9

Bd. 2:
ISBN 978-3-7886-4002-6

Bd. 3:
ISBN 978-3-7886-4003-3

Bd. 4:
ISBN 978-3-7886-4004-0

Bd. 5:
ISBN 978-3-7886-4005-7

Bd. 6:
ISBN 978-3-7886-4006-4

Bd. 7:
ISBN 978-3-7886-4007-1

Bd. 8:
ISBN 978-3-7886-4008-8

Bd. 9:
ISBN 978-3-7886-4009-5

Bd. 10:
ISBN 978-3-7886-4010-1

Bd. 11:
ISBN 978-3-7886-4011-8

Bd.12:
ISBN 978-3-7886-4012-5

Bd. 13:
ISBN 978-3-7886-4013-2

Bd. 14:
ISBN 978-3-7886-4014-9

Bd. 15:
ISBN 978-3-7886-4215-0

Bd. 16:
ISBN 978-3-7886-4216-7

Bd. 17:
ISBN 978-3-7886-4217-4

Bd. 18:
ISBN 978-3-7886-4218-1

Bd. 19:
ISBN 978-3-7886-4219-8

Bd. 20:
ISBN 978-3-7886-4620-2